Johanna

Johanna

Eine Erzählung von
Eveal von Dohlen

Bibliographische Information der Deutschen Nationalbibliothek: Die Deutsche Nationalbibliothek verzeichnet diese Publikation in der Deutschen Nationalbibliographie; detaillierte bibliographische Daten sind im Internet über dnb.dnb.de abrufbar.

Verlag: BoD • Books on Demand GmbH, In de Tarpen 42, 22848 Norderstedt
Druck: Libri Plureos GmbH, Friedensallee 273, 22763 Hamburg

ISBN: 978-3-7597-5950-4

Für S.

Inhalt

II

Johanna

Vorwort

Johanna ist eine Erzählung, die in einer Zukunft der Massenpopulation und Überbevölkerung angesiedelt ist.

Es hat sich eine Zwei-Klassen-Gesellschaft herausgebildet, deren obere Klasse zahlenmäßig unterlegen ist. Trotzdem hat diese die Macht und herrscht über alles und über jeden Menschen.

Technisch ist diese Zivilisation fortgeschritten, doch benötigt sie, um zu funktionieren, viele Arbeiter und Arbeiterinnen. Auf Menschenwürde, Menschenrechte, Selbstbestimmungsrechte und ähnliches wird keine Rücksicht genommen – alles ist darauf ausgelegt, der Oberschicht ein gutes Leben zu ermöglichen und einer weiter ansteigenden Bevölkerung entgegenzuwirken. Fehler im System werden nicht geduldet.

Solch eine dystopische Fantasie darf nie Realität werden.

Eveal von Dohlen
Rendsburg, August 2023

I.

Ich lehne am Fenster und schaue raus. Das bisschen Himmel, das man sehen kann, ist von Wolken überzogen – oder vielleicht ist es auch Rauch aus den ganzen Fabriken – wahrscheinlich eher das zweite. Ich kann mich schon gar nicht mehr erinnern, wann ich mir zum letzten Mal sicher war, ob es Wolken oder Rauch war, was ich gesehen habe. Vermutlich müsste man über der Rauchschicht wohnen, um Wolken sehen zu können. Oder gehen die ineinander über? Ich weiß es gar nicht, so hoch oben war ich noch nie. Wir wohnen ja nur im 26. Stockwerk – damit gehören wir definitiv nicht zu den oberen Stockwerken, wir wohnen noch relativ tief. Und nach oben fahren lohnt sich nicht. Die Flure haben keine Fenster – um etwas sehen zu können, müssten wir in eines der Apartments. Und weil wir da oben niemanden kennen, wird das nichts. Wir kennen nur Menschen hier unten. Arme Menschen. Arbeiter-Menschen. Menschen, die täglich zwölf Stunden arbeiten müssen, bis auf einen freien Tag die Woche, um sich ihren Lebensunterhalt leisten zu können. Die da oben müssen das nicht. Die da oben *leben* einfach. Luxuriös.

Ich lehne am Fenster, meine Haut gegen die kalte Wand gelehnt, der Kopf und der Oberkörper am Glas. Ich schaue nach unten, ganz weit entfernt sehe ich den Verkehr und die Menschen, die auf der Straße umherziehen. Jeden Tag das gleiche. Immer laufen da unten kleine Punkte umher, ganz selten sieht man mal ein Fahrzeug. Denn die Reichen, die sich Fahrzeuge leisten können, fahren damit meistens nicht auf der Straße. Die Reichen, die da oben, die fliegen. Sie haben Fahrzeuge für die Luft, mit denen sie uns hier unten völlig aus dem Weg gehen können. Sie haben ihre eigenen Parks, sie haben ihre eigenen Einkaufszentren, sie haben alles – auch das, was wir uns hier unten gar nicht vorstellen können. Wir haben keinen blauen Himmel, keine Wolken, keine Zeit und kein Leben. Wir haben Arbeit. Das ist alles. Und der eine freie Tag zwischendurch ist nur dafür da, damit wir unsere Kräfte auftanken können, um die nächste Woche wieder gut zu arbeiten.

Johanna schläft. Ich lasse das Fenster langsam hinter mir und gehe zu ihr. Sie schläft unter der Decke. Viele Schritte sind es nicht, die ich machen muss, denn so groß ist unser Zimmer nicht. Es sind tatsächlich nur zwei kleine oder ein sehr großer. Sie liegt unter der Decke auf der Seite, und ihr Kopf ist Richtung Fenster gelegt. Aber sie schläft und ihre Augen sind geschlossen. Die Matratze liegt ungefähr einen Meter vom Fenster entfernt auf dem Boden, ich bin bei ihr angekommen und knie mich zu ihr nieder. Ich wecke sie. „Hey, aufwachen", sage ich leise und bewege ihre Schulter vor und zurück. Sie stöhnt und dreht sich zur anderen Seite um. „Komm schon, es ist Zeit", sage ich jetzt etwas lauter. Der Fußboden ist unter den nackten Füßen kalt. „Ich will nicht", entgegnet sie verschlafen, aber doch bestimmt. Einige Sekunden später sitzt sie jedoch aufrecht und schaut mich nur schlaftrunken

14

an. Ihre Haut hat Abdrücke vom Laken, da wo sie auf einer Falte gelegen hat. Einer zieht sich über ihr Gesicht, ein anderer über die Seite ihres Oberkörpers. Ihre kurzen Haare sehen zerzaust aus, in den Augen hat sie kleine Bröckchen Schlaf. Früher hatte sie lange Haare, aber mittlerweile, seit wir hier leben und keine Dusche mehr haben, hat sie ihre Haare abgeschnitten. Genau wie ich. Meine Haare waren sogar noch länger. Aber ohne Dusche wird die Pflege schwierig, besonders weil unser Waschbecken auch nur sehr klein ist – und Shampoo können wir uns schon seit Jahren nicht mehr leisten. Deshalb haben wir unsere Haare irgendwann abgeschnitten. Sie steht auf und schlurft zum Waschbecken, dreht den Wasserhahn auf und zuckt kurz zusammen, als das eiskalte Wasser herauskommt. Sie spritzt es sich ins Gesicht und wäscht sich die Augen aus, spült ein bisschen ihre Haare und wäscht sich unter den Achseln. Dann geht auch der Wasserhahn wieder aus – das Wasser ist sehr stark rationiert und sie hat in dieser kurzen Zeit schon eine Ration aufgebraucht. Am Tag stehen uns drei Rationen Wasser zur Verfügung, weil wir zu zweit hier wohnen. Würden wir allein wohnen, hätten wir nur zwei Rationen. Handtücher haben wir nicht mehr, deswegen streicht sie das Wasser so gut es geht mit ihren Händen vom Körper und greift danach zu unserer Hose und dem T-Shirt. Wir haben nur eine Hose und ein T-Shirt für uns beide. Der oder die andere von uns beiden ist immer nackt. Nacktheit ist in der Gesellschaft normal, immer öfter passiert es, dass man auch auf der Straße nackten Menschen begegnet, weil sie sich keine Klamotten neben ihrer Arbeitskleidung leisten können. Unterwäsche haben wir auch nicht; Handtücher, in die man sich einwickeln könnte, haben wir auch nicht und Schlafkleidung haben wir auch nicht. Und unsere Arbeitskleidung – von der wir beide jeweils eine besitzen – ist gerade in der Wäscherei, weil heute unser freier Tag ist. Selber waschen geht ja leider nicht, weil wir dafür unsere ganzen Wasserrationen aufbrauchen müssten und weil unser Waschbecken viel zu klein ist und weil eine Waschtrommel oder gar Waschmaschine den Rahmen des alles für uns in Frage Kommenden sprengen würde. Kein Platz und kein Geld. Unser vier-mal-vier-Quadratmeter großes Apartment reicht ja grade so für die Matratze, auf die wir uns zu zweit quetschen, das Waschbecken, die Toilette und einen kleinen Schrank.

Johanna nimmt sich zwei Essensmarken und geht damit aus der Tür. „Bis gleich", sagt sie und zieht die Tür hinter sich zu. Auf der Arbeit bekommt jeder von uns zwei Essensmarken pro Tag. Das ist unser Lohn. Wir müssen für das Apartment nichts bezahlen und für das Wasser aus dem Wasserhahn auch nicht, dafür arbeiten wir ja. Und die Essensmarken bekommen wir jeden Tag, damit wir immer genug haben – aber auch nie zu viel. Wenn wir am Anfang der Woche 14 Stück bekämen, dann wäre es ja möglich, dass wir uns zu einer Mahlzeit zwei Rationen abholen würden. Und dann hätte man am Ende der Woche nicht genügend. Und damit das nicht passiert, dass Menschen verhungern – sie sollen ja am Tag danach weiterarbeiten – bekommen wir immer nur zwei Marken am Ende des Tages, nachdem unsere Schicht vorbei ist. Und deswegen kann Johanna auch mit zwei Essensmarken losgehen und zwei Rationen bekommen, weil die Ausgabestelle nämlich weiß, dass sie nur zwei bekommen hat und entweder zwei Rationen abholt – für heute Morgen und heute Abend – oder zwei Rationen abholt – für sich und für einen Bekannten oder Mitbewohner oder Freund. Und in Johannas Fall trifft das zweite zu. Ich weiß nicht, wie ich Johannas und meine Beziehung beschreiben soll, welches Wort passt. In der alten Welt gab es Freunde, Bekannte, Liebespaare, Lebensgefährten, Wohngemeinschaften, und so weiter. Diese ganzen Bezeichnungen finden in unserer Gesellschaft keine Verwendung mehr, weil wir armen Menschen zwölf Stunden am Tag arbeiten und danach so mit unseren Kräften am Ende sind, dass wir meistens nur noch schlafen. Wie es bei den Reichen da oben ist, weiß ich gar nicht. Bestimmt gibt es da noch Freunde und Liebespaare und so. Aber hier unten? Nein, hier gibt es nur Arbeit.

Johanna und ich wohnen zusammen, eigentlich schon immer. Wir hatten früher ein größeres Apartment, aber uns wurden immer kleinere zugeteilt. Ganz am Anfang hatten wir sogar ein Apartment mit zwei etwas größeren Zimmern. Da hatten wir beide unser eigenes Bett und einen Tisch und Stühle, und es gab sogar ein separates Badezimmer. Damals gab es auch noch mehr Wasser, das nicht rationiert war.

Aber mittlerweile sind wir in einem vier-mal-vier-Quadratmeter-Zimmer mit integrierter Toilette und einem Fenster, das man nicht öffnen kann. Immerhin wohnen wir im 26. Stockwerk und die Hausbesitzer haben Angst, dass wir uns umbringen und aus den Fenstern stürzen könnten, deswegen haben sie einfach Glasscheiben eingebaut, die sich nicht öffnen lassen. Damit wenigstens ein bisschen Licht hereinfällt. Das bisschen Licht, das durch die Rauchschicht am Himmel durchkommt.

Aber Johanna und ich mögen uns, wir kommen gut miteinander klar. Manchmal lachen wir sogar, und mindestens an unserem freien Tag haben wir Sex. Einfach zur Befriedigung der natürlichen Bedürfnisse. Während der Arbeitswoche kommen wir ja kaum dazu, da haben wir auch einfach nicht genügend Energie. Da wird mein Penis auch einfach nicht mehr steif am Abend, da fehlt mir im Normalfall die nötige Kraft – manchmal geht's, aber wirklich selten. Aber am freien Tag geht das immer. Und alle natürlichen Bedürfnisse, die sich die ganze Woche über gesammelt haben, werden dann an diesem Tag abgebaut, sodass sie sich in der nächsten Woche wieder von Neuem aufbauen können. Dadurch, dass Johanna und ich auch immer nackt nebeneinander schlafen, funktioniert das mit der Erektion auch ganz von allein, wenn die nötige Energie da ist. Wir haben ja keine Schlafklamotten. Aber lieben tun wir uns nicht. Das Gefühl der Liebe ist mit der alten Welt verschwunden. Wir begehren den Körper des anderen, aber das war's dann auch. Und da wir beide sterilisiert sind, ist es sowieso alles sehr entspannt. Alle hier unten sind sterilisiert. Irgendwann wurde beschlossen, dass alle Arbeiter keine Kinder bekommen sollen und dann wurde bei allen eine Zwangssterilisation durchgeführt. Ich kann mich schon gar nicht mehr genau dran erinnern, wann das war. Es ist sowieso so, dass die Wochen in meiner Erinnerung ineinander übergehen, so wie die Wolken und die Rauchschicht am Himmel. Das Leben läuft so vor sich hin, man arbeitet und zwischendurch hat man mal einen Tag frei. Und das seit – gefühlt – immer. Ich kann mich an einzelne Bruchstücke davor erinnern, aber ich weiß nicht, wann das war und wie lange es her ist. Ich kann mich auch nicht erinnern, wie lange ich hier schon mit Johanna lebe oder wie lange ich schon hier arbeite. Es fühlt sich einfach so an, als wäre es schon immer so gewesen. Und das Jahr oder der Monat ist dabei völlig egal. Wir wissen es einfach nicht. Das Einzige, was wirklich zählt, ist, ob ein Arbeitstag oder ein freier Tag ist. Und das jede Woche aufs Neue. Sechs Arbeitstage und ein freier Tag. Seit immer, für immer.

Ich gehe wieder zum Fenster, die Wand und das Glas fühlen sich immer noch sehr kalt an. Ich schaue erst wieder nach oben – die Rauchschicht ist immer noch da und ich sehe keinen Himmel, nur vernebelte Sonnenstrahlen –, dann nach unten, ich sehe den kleinen Punkten beim Herumlaufen zu. Es ist alles genauso wie vorhin, als Johanna noch geschlafen hat. Der einzige Unterschied ist, dass ihr gleichmäßiger

Atem nicht mehr da ist, weil sie gerade Essen holt. Was sie wohl mitbringt? Was es heute wohl gibt? Das ist jeden Tag ein bisschen anders. Meistens können wir es nicht genau definieren, weil es irgendein komischer Mix aus Verschiedenstem ist – und dann schmeckt es auch abstoßend –, aber manchmal ist es auch ein gebratenes Hühnchen oder eine Lasagne oder etwas in der Art – das schmeckt dann immer sehr gut. Aber das kommt wirklich sehr selten vor. In der letzten Zeit hatten wir immer nur diese ekligen Mixe aus sonst was. Ich vermute, dass das die pürierten Reste der Mahlzeiten von denen da oben sind, die sich mit Sicherheit jeden Tag ein gebratenes Hühnchen leisten können. Ich stelle mir immer vor, wie sie die Reste von denen einsammeln, zusammen in einen Mixer schmeißen und das Ergebnis dann an unsere Ausgabestellen verteilen. Wir kriegen die Reste der Reichen.

Ich stehe noch am Fenster, als Johanna wiederkommt. Sie hat eine Plastiktüte mit zwei Mahlzeiten drin dabei, durch die transparente Tüte kann man auch das Einmalbesteck sehen. Sie stellt das Essen auf die Matratze und zieht die Bettdecke weg, damit wir Platz haben, uns auf die Matratze zu setzen. Die Klamotten zieht sie schnell wieder aus, damit sie nicht dreckig werden oder sie sie nicht durchschwitzt. Denn eine Reinigung können wir uns nicht leisten und zum selber waschen haben wir nicht genug Wasser. Sie streift sich schnell die Füße ab, da ihre Füße von draußen noch etwas dreckig sind – Schuhe haben wir auch schon lange nicht mehr – und dann setzt sie sich im Schneidersitz auf die Matratze. Ich setze mich – auch im Schneidersitz – dazu, wir sitzen uns auf der 1-mal-1,40-Matratze gegenüber. Sie nimmt die Plastiktüte und packt aus: Zuerst das Einmalbesteck, insgesamt ein Messer, eine Gabel und einen Löffel, dann die beiden Essensrationen. Das eine ist so ein Reste-Mix, das andere ist tatsächlich ein gebratenes Hühnchen. „Das letzte", sagte Johanna. Sie hatte das letzte Hühnchen bekommen, alle anderen waren schon früher weg. Alle Menschen, die nach ihr kamen, haben nur noch diesen komischen Brei bekommen. Ohne Kommentar nimmt sie das Messer, halbiert das Hühnchen und gibt mir die Hälfte. Mit dem Löffel halbiert sie auch den Brei und ich sitze einfach stumm daneben. Also haben wir beide vor uns je einen Einmalteller, ein halbes Hühnchen und eine halbe Ration Reste-Brei, dazu insgesamt einen Löffel, eine Gabel, ein Messer, und Johanna holt noch zwei Getränke aus der Plastiktüte. Es sind die üblichen Getränke, eine Mischung aus Wasser, Nährstoffen und Medikamenten, damit wir einsatzbereit für unsere Arbeit bleiben.

Stumm essen und trinken wir, das Hühnchen mit den Händen, den Brei mit Löffel oder Gabel. Wir haben ja von beidem nur eins und müssen uns dementsprechend aufteilen, wer was benutzen kann. Ich hab die Gabel genommen. Und tatsächlich hat es gar nicht so schlecht geschmeckt. Der Brei war natürlich eklig, aber das Hühnchen hat das Frühstück gerettet. Danach bringe ich den Müll nach draußen. Ich ziehe mir dafür nichts an, denn ich habe ja noch fettige Finger vom Hühnchen, deswegen will ich unsere einzigen Klamotten nicht anfassen. Außerdem ist der Müll direkt vor der Zimmertür, es ist einfach eine Luke auf der anderen Seite des Flurs. Ich gehe aus der Tür, öffne die Luke, schmeiße alles hinein und gehe wieder zurück ins Zimmer. Johanna und ich waschen uns schnell die Hände, damit wir nicht so viel von der zweiten Wasserration verwenden. Und dann legen wir uns erstmal wieder auf die Matratze. Nach dem Essen legen wir uns immer hin. Der morgendliche Mundgeruch ist durch das Essen auch verschwunden, deswegen legen wir uns Gesicht an Gesicht. Mundhygiene und Zähneputzen gibt's hier unten schon lange nicht mehr. Wenn ein Zahn wehtut, wird er gezogen. Vom Betriebsarzt auf der Arbeit. Andere Ärzte gibt's hier unten nicht. Private Ärzte oder Hausärzte oder Zahnärzte. Wir decken uns nicht zu, denn die Decke ist so oder so viel zu klein für zwei Personen. Außerdem ist nur der Fußboden kalt und die Außenwand, die Luft im Zimmer an sich hat eine ganz angenehme Temperatur.

Zuerst schaue ich Johanna nur in die Augen, doch dann betrachte ich auch jeden anderen Millimeter ihres Gesichtes. Obwohl sie sich vorhin nur kurz etwas kaltes Wasser ins Gesicht gespritzt hat, ist ihre Haut ziemlich rein. Oder vielleicht bilde ich mir das auch nur ein, weil ich gar nicht weiß wie wirklich reine Haut aussieht. Aber im Augenblick sieht ihre Haut so rein aus, ich kann mich gar nicht sattsehen an ihr.

Gefühlt sieht sie auch viel reiner aus als letzte Woche.
Aber genau das gleiche habe ich letzte Woche auch
gedacht. Vermutlich ist mein Hormonspiegel so hoch,
dass ich sie um alles in der Welt begehren würde, egal
wie sie jetzt aussähe. Und sie begehrt mich wahrscheinlich genau so, denn ihre Hand wandert langsam an meinem Körper entlang zu meinem Penis.
Aber wir schauen uns wieder in die Augen. Meine
Hand berührt sie jetzt auch, ich streiche über ihre
Brüste, ihre Seite, ihren Bauch, ihre Hüfte. Und mein
Penis wird steif. Viele Gefühle durchziehen meinen
Körper, und ihren ganz sicher auch. Wir küssen uns
und unsere Zungen spielen miteinander, irgendwann
rutschen wir näher aneinander und unsere Brüste berühren sich, meine Hände umarmen ihren Körper im
Liegen – ich habe meine eine Hand unter ihr durch-
geschoben, die andere über sie drübergelegt – und
mein Penis berührt ihre feuchte Vagina. Wir drehen
uns, sodass sie unten liegt, und dann bin ich drin.
Und wir wechseln die Positionen, machen zwischendurch Pausen und liegen einfach auf der Matratze
und schauen uns nur an, streicheln uns, küssen uns,
streichen über den Körper des anderen.

So vergeht einige Zeit und alles Begehren, dass sich
über die letzten Tage angesammelt und aufgestaut
hat, entlädt sich auf einmal auf dieser Matratze. Ein
paar Flecken bleiben auf dem Laken zurück, aber da
sind ja eh schon einige. Das Laken waschen zu lassen
können wir uns auch nur selten leisten. Johanna geht
erstmal zur Toilette – das ganze Ejakulat läuft ja

wieder aus ihr heraus. Mit dem Toilettenpapier wischt sie das weg, was schon an ihre Beine getropft ist, und ich wische die paar Tropfen auf dem Boden auf. Der Weg zur Toilette ist ja zum Glück nicht so weit, deswegen sind es nicht so viele. Ich wische meinen Penis auch ein bisschen ab, denn ich will ja auch nicht das ganze Ejakulat da dran haben. Aber es mit Wasser abzuwaschen, können wir uns nicht leisten. Außerdem stört es ja nicht so, und wenn es getrocknet ist, fällt es ja einfach ab.

Danach legen wir uns wieder ins Bett, aber diesmal beide auf den Rücken – seitenverkehrt. Ihr Kopf und meine Füße an einem Ende, ihre Füße und mein Kopf am andern Ende. Und so liegen wir einfach da und schweigen. Allgemein schweigen wir viel, wir reden in letzter Zeit kaum noch. Ich kann mich erinnern, wie wir früher öfter geredet haben, aber mittlerweile haben wir einfach nichts mehr zu erzählen. Die Arbeit ist immer die gleiche, und andere Menschen als uns sehen wir sehr selten – ich kann mich gar nicht erinnern, wann ich zum letzten Mal jemanden außer Johanna getroffen habe. Alle Menschen, mit denen ich früher Kontakt hatte, haben andere freie Tage als ich und deswegen können wir uns nicht mehr sehen. Nach zwölf Stunden Arbeit noch ehemalige Freunde treffen, das übersteigt meine Kräfte. Und wahrscheinlich ist das das Ziel der Regierung: Sie wollen unser Leben so trist wie möglich halten, uns so von allen sozialen Kontakten abschotten, dass wir einfach funktionieren und arbeiten. Und soziale Kontakte und

Freunde würden uns ja davon abhalten. Und es funktioniert. Ich habe mittlerweile niemanden mehr außer Johanna. Und das auch nur, weil wir gemeinsam wohnen. Aber außer Essen und Sex machen wir auch nicht viel zusammen. Zu reden gibt es ja wie gesagt nicht viel, weil man einfach nichts erlebt, und etwas unternehmen kann man nicht. Spazieren lohnt sich nicht mehr – überall stehen jetzt Hochhäuser und man findet keine Parks mehr, und den Himmel kann man erstrecht nicht sehen –, Badeseen oder Schwimmbäder sind auch geschlossen oder abgesperrt, da das Wasser so stark rationiert ist, und Freunde treffen geht nicht, weil wir einfach keine Freunde haben. Und Restaurants oder Bars haben auch alle geschlossen, da irgendwann auch dort das Prinzip mit den Essensmarken eingeführt wurde und dann logischerweise niemand mehr kam, um seine Essensmarke für eine Portion Pommes und einen Cocktail zu verschwenden.

Außerdem ist der freie Tag ja dafür da, damit wir uns erholen und wieder zu Kräften kommen. Denn wenn wir uns heute nicht schonen, können wir morgen nicht gut arbeiten und dann bekommen wir morgen keine Essensmarken und dann bekommen wir kein Essen, weswegen wir am nächsten Tag noch schlechter arbeiten und wieder keine Essensmarken bekommen, solange bis wir irgendwann verhungern. Deswegen macht die Regierung das. Damit wir entweder etwas für das System tun und funktionieren oder wir das System nicht belasten und sterben. Diese beiden Möglichkeiten haben wir hier unten. Die da oben leben in Luxus und wir funktionieren entweder oder sterben. Wie gut, dass Johanna und ich uns haben, wir unser Leben teilen und wir regelmäßig unsere Körper vereinen. Denn sonst würde ich, glaube ich, alle Gedanken und Gefühle abschalten und nur noch funktionieren, arbeiten, funktionieren, arbeiten, funktionieren, arbeiten. So wie die Regierung es will.

Ich muss eingeschlafen sein, denn ein Klopfen an der Apartmenttür weckt mich. Wer klopft? Ich werde dann wohl mal aufmachen. Erst im Aufstehen merke ich, dass ich im Schlaf einen steifen Penis bekommen habe. Ich öffne die Tür und draußen steht eine Frau. Zuerst starrt sie auf meinen steifen Penis, aber dann sieht sie mich an. Johanna fragt von hinten, sie liegt noch auf der Matratze: „Wer ist es?" „Eine Frau, ich kenne sie nicht", ist meine Antwort. Die Frau versucht jetzt, an mir vorbei ins Apartment zu schauen, aber ich öffne die Tür nicht richtig, deswegen sieht sie nichts.

„Was kann ich für Sie tun?", frage ich. Mein Penis ist mittlerweile erschlafft, er hängt jetzt nur noch so herum. Aber die Frau schaut trotzdem ab und zu noch zu ihm hinunter. Warum? Auf der Straße sieht sie andauernd Penisse, es gibt so viele nackte Leute hier unten. Doch ohne ein Wort zu sagen, rennt sie weg und ich stehe allein in der Tür. Ich mache noch einen Schritt in den Flur, um ihr nachzusehen, aber sie ist schon im Fahrstuhl verschwunden. Komisch. Ich schließe die Tür und lege mich wieder so wie vorher zu Johanna. „Sie ist weggerannt, ohne etwas zu sagen“, erzähle ich ihr, sie antwortet nicht. Wahrscheinlich fragt sie sich auch, was das soll. Aber da sie weiß, dass ich mich das auch frage, sagt sie es nicht laut. Das wäre nur unnötig verschwendete Energie, etwas zu sagen, dass der oder die andere definitiv auch denkt. Also schweigen wir uns wieder an und liegen nur da, unsere Körperseiten berühren sich und unsere Hände liegen ineinander.

Das war echt sehr merkwürdig. Normalerweise klopft nie jemand an unsere Tür, und dass dieser oder diese danach sofort wegläuft, kam auch noch nie vor. Oder ich habe es vergessen. Sie hatte Kleidung an. Sehr schöne Kleidung, fällt mir gerade auf. Und ihre Haare waren lang. Wie kann sie die nur pflegen? Kann sie sich etwa Shampoo leisten? Und wie kann sie so schöne Kleidung haben?

„Sie hatte Kleidung an. Sehr schöne Kleidung. Kennst du jemanden, der sich Kleidung leisten kann?“, frage ich. Johanna antwortet nicht, das heißt nein. Doch dann richtet sie sich auf und ich kann sehen, wie sie die Puzzleteile in ihrem Kopf zusammengesetzt hat.

„Sie kommt von oben!“, ruft sie. Jetzt fällt es mir auch wie Schuppen von den Augen. Natürlich! Deswegen hat sie auch so auf meinen Penis geschaut, denn oben tragen die Menschen bestimmt alle Kleidung. Nur hier unten ist das anders. Johanna strahlt richtig, denn das war das erste Mal, dass wir mitbekommen haben, wie ein Mensch von oben nach hier unten kommt. Und dann hat dieser Mensch auch noch an unsere Apartmenttür geklopft! Daraufhin kommt sie zu mir und küsst mich – ich liege noch und sie legt sich auf mich drauf. Ihre Vagina ist mittlerweile wieder – oder immer noch – feucht und mein Penis wird durch ihre ganzkörperliche Berührung wieder steif. Er gleitet einfach in sie hinein und Johanna küsst mich und bewegt sich auf und ab und ihre Vagina umschließt meinen Penis und geht auf und ab und auf und ab und auf und ab und dann klopft es ein zweites Mal an der Tür.

Johanna hält inne und schaut erst mich an, dann die Tür. Mein Penis steht immer noch in ihr und ich schaue vor allem auf ihre Brüste, die über meinen Augen hängen. Aber nachdem es noch ein drittes Mal klopft, wandert auch mein Blick zur Tür. Johanna steht auf und geht hin, sie öffnet. Ich gehe hinterher und stelle mich schräg hinter sie, sodass mein Penis sich an ihre Seite schmiegt. Es steht die gleiche Frau wie vorhin vor der Tür, doch diesmal sagt sie etwas: „Hi."

„Wie können wir Ihnen helfen?", frage ich erneut, denn vorhin habe ich schon etwas Ähnliches gefragt. Sie schaut wieder auf meinen Penis, der diesmal an Johannas Oberschenkel vorbeischaut. Aber ich merke schon, wie er wieder erschlafft.

„Ich komme von oben", fängt sie an – wie Johanna es gedacht hat! -, „und ich will in eine coole Clique aufgenommen werden. Als Aufnahmeritual soll ich jetzt an irgendeine Tür hier unten klopfen und Sex mit den Menschen haben, die da drinnen wohnen." Na wenn's weiter nichts ist. „Warum?", fragt Johanna, „dürft ihr oben keinen Sex haben?" Die Frau lacht. „Doch, doch! Aber oben kennen wir uns alle und das wäre komisch, mit Freunden Sex zu haben. Außerdem ist das viel aufregender, es hier unten zu machen, weil das gegen die Regeln ist. Unsere Gesetze oben verbieten es, mit Menschen von hier unten Körperkontakt zu haben. Ihr sollt wohl Krankheiten übertragen oder so. Aber das ist nur eine Ausrede von der Regierung, damit wir oben bleiben. Ihr habt doch bestimmt keine Krankheiten. Oder?", fragt sie.

Sie redet zu viel. „Komm rein und zieh dich aus", sagt Johanna. Und hätte Johanna das nicht gesagt, hätte ich es gesagt. Wir machen den Weg frei und die Frau tritt ein. Sie schaut sehr entsetzt, als sie unser Apartment sieht – wahrscheinlich ist sie von oben viel größere Wohnungen gewöhnt –, aber sobald wir die Tür geschlossen haben, folgt sie Johannas Anweisung. Sie hat viel Kleidung an. Und Schuhe. „Warte", sage ich, sie war gerade dabei, ihre Jacke auszuziehen. „Lass mich dich ausziehen, das gehört doch fast schon zum Sex dazu", sage ich. Und sie hält inne und schaut mich erwartungsvoll an. Ihr Blick sagt: na dann mach schon. Sie will es wohl schnell hinter sich bringen. Also mache ich einen Schritt auf sie zu – denn mehr brauche ich nicht zu ihr – und ziehe ihr die Jacke aus. Johanna kommt auch näher und streicht ihr durch die Haare, während ich die Jacke nehme und auf den Boden schmeiße. Unter der Jacke trägt sie noch ein T-Shirt. Ich greife es unten am Saum und ziehe es langsam nach oben. Langsam nähert sich Johanna ihr und küsst sie. Ich gehe mit meinen Lippen an ihren Hals, sobald das T-Shirt weg ist. Sie trägt auch noch ein Unterhemd. So viel Kleidung habe ich lange nicht gesehen. Nach dem Unterhemd ist ihr Oberkörper fast nackt. Sie trägt nur noch einen BH. Ich gehe mit meinen Lippen und meiner Zunge von ihrem Hals abwärts in Richtung ihrer Brüste, dazwischen lecke ich sie ein bisschen. Den BH öffne ich hinter ihrem Rücken – ich bin sehr erstaunt, dass ich das noch schaffe, denn ich weiß wirklich nicht mehr, wann ich zum letzten Mal einen BH geöffnet habe – und sobald er gefallen ist, greife ich mit meinen Händen nach ihren Brüsten und lecke ihre Nippel. Johanna kommt mittlerweile auch aus dem Gesicht der Frau heraus und geht abwärts, wir beide sind an den Nippeln. Mein Penis wird dabei immer steifer und ich nehme die eine Hand der Frau und lege sie um ihn. Johanna sieht das und nimmt die andere Hand und führt sie zu ihrer Vagina. Ich öffne langsam ihre Hose und streife sie nach unten, sie liegt dann über den Schuhen. Und natürlich trägt die Frau von oben auch eine Unterhose, aber die werden wir auch ganz schnell los. Johanna und ich werfen die Frau mit dem Rücken auf unsere Matratze und Johanna setzt sich mit ihrer Vagina auf ihren Kopf. Ich ziehe währenddessen der Frau ihre Schuhe aus und streife die Hose und die Unterhose über ihre Socken ab. Die Socken kommen ganz zum Schluss runter und dann liegt sie ganz nackt auf unserer Matratze. Die Frau von oben liegt auf unserer Matratze. Und bevor ich sie irgendwo wieder anfasse, schaue ich sie erstmal an. Ihre Haut ist so rein. Im Vergleich dazu ist Johannas Haut, die ich ja heute Morgen so rein fand, nicht sauberer als die Straße am Ende eines Tages, an dem viele Menschen auf ihre unterwegs waren. Aber das ist ja keinesfalls verwunderlich, denn wir hier unten besitzen keine Seife, keine Creme, keinerlei Körper- oder Hautpflegeprodukte. Und die da oben? Ich kann es mir gar nicht vorstellen, was die sich alles auf die Haut kippen. Johanna bemerkt, wie hingerissen ich die Haut der Frau anstarre, aber sie sagt nichts dazu. Sie ist wahrscheinlich genau so begeistert. Aber dann führe ich mich in die Frau von oben ein und küsse nebenbei Johannas Brüste, und da fällt mir auf, dass die Frau von oben sich nicht besser anfühlt als Johanna. Es ist nur ein äußeres Hautphänomen, ansonsten ist sie genau gleich. Ich genieße es sogar mehr, Johannas Brüste zu lecken, als immer wieder mit meinem Penis in die Frau von oben einzudringen. Johanna und ich gehören irgendwie zusammen, und das wird mir in diesem Moment bewusster als je zuvor. Ich bin sehr froh, dass ich mit Johanna zusammenwohne, dass ich sie habe, dass sie in meinem Leben ist. Dass sie mir jeden Morgen Frühstück bringt und dass ich ihr jeden Abend Abendessen bringe, dass wir zwei nebeneinander schlafen, dass wir uns drei Wasserrationen am Tag teilen, dass wir aus demselben Fenster schauen und dass wir die einzige Person im Leben des anderen sind.

Und noch bevor ich ejakuliere, wird unsere Apartmenttür aufgebrochen und bewaffnete, uniformierte Polizisten stürmen herein. Völlig mit der Situation überfordert bewege ich meinen Penis noch ein oder zwei Mal rein und raus und ejakuliere dann, während mir der eine Polizist sein Maschinengewehr an die Schläfe hält.

„Sofort weg von ihr!", schreien sie Johanna und mich an, und schneller als wir denken können, sind wir aufgestanden und stehen neben der Matratze. Reflexartig nehmen wir auch die Hände hoch, obwohl das eigentlich niemand von uns verlangt hat. Aus meinem Penis kommen noch einige Ejakulat-Reste gespritzt, denn ich war noch gar nicht fertig.

Die Polizisten helfen der Frau von oben auf und reichen ihr ihre Klamotten, auf uns zielen sie weiterhin mit ihren Maschinengewehren. Als ob ich sie mit meinem Ejakulat verletzen könnte. Wobei das mittlerweile auch aufgehört hat, zu spritzen. Sobald sich die Frau von oben angezogen hat, kommt ein Polizist zu uns und legt uns Handschellen an. Hinter dem Rücken werden unsere Hände zusammengebunden und dann geht's los. Die Polizisten treiben uns vor sich her aus unserem Zimmer heraus auf den Flur Richtung Fahrstuhl. Die Frau von oben geht mit uns mit. Sie hat keine Handschellen. Warum? Ist sie nicht diejenige, die etwas Verbotenes gemacht hat? Meinte sie nicht vorhin, dass es eine Straftat für die von oben sei,

Körperkontakt mit jemandem von unten zu haben? Müsste sie dann nicht eigentlich Handschellen tragen? Ich frage lieber nicht laut nach, denn was ich so von der Polizei durch Erzählungen anderer Arbeiter mitbekommen habe, sind die das absolute Grauen. Das Beste ist es, einfach stumm Folge zu leisten. Sonst wird man zusammengeschlagen, verletzt, angeschossen, was weiß ich noch alles. Wir haben nichts Falsches gemacht, die Frau von oben kam zu uns und wollte Sex. Das ist alles.

II.

Im Fahrstuhl fahren wir nach oben. In die andere Welt. Doch als der Fahrstuhl anhält und wir aussteigen, sehen wir nichts, denn der Flur, in dem wir jetzt sind, hat auch keine Fenster. Die Polizisten treiben uns weiter vor sich her. Irgendwann werfen sie uns in einen kleinen Raum und schließen die Tür hinter uns. Er ist noch kleiner als unser Apartment. Ich schätze ca. zwei Mal zwei Meter. Die Handschellen lassen sie uns um, aber wir sind wieder allein. „Was denkst du, passiert jetzt mit uns?", frage ich Johanna. „Ich weiß es nicht. Wir haben ja eigentlich nichts Falsches gemacht und das werden wir denen auch sagen, wenn sie uns befragen." Bis dahin werden wir wohl hierbleiben müssen und warten. Also warten wir. Und wir schweigen. Was sollen wir auch erzählen? Ich schaue Johanna an und merke, wie wunderschön ihre Haut ist. Auch, wenn ich jetzt wirklich reine Haut gesehen habe, ist Johannas doch einfach wunderschön. Die Haut muss gar nicht so hundertprozentig rein sein, um wunderschön zu sein. Gerade kleine Falten und Unreinheiten machen sie interessant. Johanna hat zum Beispiel auf ihrer linken Brust ein Muttermal, das einzigartig ist. Es sieht ein bisschen aus wie ein Kamel, das an der Decke läuft. Nur ohne die Decke. Es sieht einfach aus wie Kamel, dass falsch herum auf ihre Brust gemalt wurde. Die beiden Höcker gehen nach unten weg und zeigen in Richtung ihrer Brustwarze und nach oben in Richtung ihres Halses gehen die vier Beine und der Schwanz. Die hinteren beiden Beine sind etwas angewinkelt, aber die Vorderbeine sind durchgestreckt. Und der Hals und der Kopf des Kamels gehen seitlich weg, es hat besonders viel Fell am Hals. Ich schaue mir das Muttermal ganz genau an, so genau wie noch nie. Es ist wirklich besonders schön. Und schaut man weiter, entdeckt man, dass Johanna eine kleine Narbe unter ihrer linken Brust hat, die Geschichte dazu hat sie mir mal erzählt: Als sie noch klein war, vielleicht vier oder fünf Jahre – das war, bevor die alte Welt unterging –, hat sie mit ihren Eltern in einem Park gespielt. Sie hat einen ganz tollen Stein gefunden, den sie unbedingt ihren Eltern zeigen wollte, und als sie losgerannt ist, um ihn ihrer Mutter zu bringen, ist sie gestolpert und hat sich den Stein in den Körper gerammt. Der Stein ging so tief rein, dass sie danach operiert werden musste, um nicht zu sterben. Und seitdem hat sie die Narbe. Sie ist wirklich klein und man übersieht sie leicht. Aber ich weiß ja, dass sie da ist und deswegen weiß ich, an welcher Stelle ich suchen muss. Und so kleine Unreinheiten findet man überall an ihrem Körper. Über dem Bauchnabel zum Beispiel hat sie eine Pockennarbe, auch aus ihrer Kindheit. Oder ihr rechter Fuß, auf dem sie einen kleinen Hügel hat, weil dort ein Knochen zu viel gewachsen ist, der nicht entfernt wurde, weil er nicht störend genug war. Oder auch ihre Persönlichkeit, die oftmals sehr direkt ist, aber sie weiß immer, was sie machen muss und was sie verweigern kann. Sie weiß, dass sie direkt sagen kann, dass sie etwas nicht machen will und dazu unter keinen Umständen Lust hat – aber sie tut es trotzdem, weil es eben getan werden muss. Sie macht es einfach, egal ob sie es will oder nicht. Oder wenn sie mal einen Scherz macht, dann weiß ich nie genau, ob es wirklich ein Scherz ist, oder ob sie es ernst meint. Und das macht es dann noch viel aufregender und auch umso lustiger, wenn sie auflöst, dass es ein Scherz war und nicht ernst.

Es ist schon großartig mit Johanna. Deswegen stört es mich auch gar nicht, dass wir jetzt hier sind. Ich meine, es ist nicht schön in diesem kleinen Raum, aber immerhin sind wir nicht allein. Wir sind zu zweit. Und ihre Anwesenheit beruhigt mich. Wie sie so ganz entspannt an der Wand lehnt, obwohl ihre Hände gefesselt sind, wie sie ihren Kopf anlehnt und die Augen geschlossen hat, wie sie ganz ruhig atmet. Ich beschließe, mich hinzulegen. Zwei mal zwei Meter sollten dafür ausreichen, denn größer als zwei Meter bin ich nicht. Und es passt. Der Boden fühlt sich anders an als in unserem Apartment. Er ist nicht so kalt, aber es ist keine angenehme Wärme, wenn man sich auf den Rücken legt. In unserem Apartment kann man sich meistens gar nicht auf den Rücken legen, weil der Boden immer so kalt ist. Aber der Boden hier hat eine ganz komische Wärme. Sie juckt, die Wärme. Aber das ist mir gerade egal. Ich will einfach nur liegen, bestimmt gewöhne ich mich noch an diese juckende Wärme. An den Schulterblättern juckt es besonders. Aber wie ich vermutet habe, lässt das Jucken nach

einer gewissen Zeit nach. Ich liege dann einfach da und sehe an die Decke. Johanna ist fast aus meinem Blickfeld verschwunden, ich sehe sie nur noch aus dem Augenwinkel. Die Decke ist vielleicht drei Meter hoch. Also sind wir in einem zwei-mal-zwei-mal-drei-Meter-Zimmer. Das sind zwölf Kubikmeter. Unser Apartment hat 48 Kubikmeter. Das heißt, unser Apartment ist viermal so groß wie dieses Zimmer. Dieses Zimmer hat aber auch gar nichts außer vier Wänden, Boden und Decke. Dagegen ist unser Apartment ja noch groß und gut eingerichtet mit Matratze, Waschbecken, Toilette, Fenster und einem kleinen Schrank. Erst jetzt fällt mir auf, dass dieses Zimmer hier gar kein Fenster hat. Da sind wir schon oben in der anderen Welt, aber trotzdem können wir nicht sehen, wie es hier ist. Den blauen Himmel, die grünen Parks, all die angezogenen Menschen. Schade. Aber dafür juckt der Boden. Das tut er bei uns nicht, und da bin ich sehr froh drüber, dass er das bei uns nicht tut. Wär ja auch zu blöd, wenn man sich immer kratzen müsste, wenn man aus Versehen den Boden berührte. Das Jucken nimmt wieder zu, deswegen setze ich mich wieder hin. Das ist gar nicht so leicht mit gefesselten Händen, aber es geht. Johanna schaut mir dabei amüsiert zu und muss schmunzeln, als ich dann wieder sitze. Ihr kleines Lächeln bereitet mir innerlich große Freude. „Erinnerst du dich an Regenwürmer?", fragt sie. „Ja, natürlich!", antworte ich. Regenwürmer! Wie könnte ich die vergessen! Ich muss zugeben, ich habe lange nicht an sie gedacht, weil es sie auf den
38

asphaltierten Straßen und den betonierten Wiesen einfach nicht mehr gibt, aber ich erinnere mich noch sehr gut an sie. „Ungefähr so sahst du eben aus. Wie ein Regenwurm, der sich in feuchter Erde umherwälzt." Und dann lachen wir beide kurz. Feuchte Erde gibt's auch nicht mehr, Regen gibt's auch nicht mehr, all das ist vorbei. Aber Pflanzen gibt's ja auch nicht mehr, deswegen brauchen wir auch keinen Regen mehr. Es gibt nur noch Beton und Rauch, Asphalt und Stahl. Hochhäuser, künstliches Licht und Fenster, die nicht aufgehen. Wegen Selbstmordgefahr. Und hier oben? Hier haben sie nicht einmal Fenster. Also warum sollte man hier leben wollen, wenn es nicht mal Fenster gibt und der Boden juckt? Und wenn sie solche Regeln haben, dass sie keinen Sex mit denen von unten haben dürfen? Und außerdem hat die Frau vorhin gesagt, dass es komisch wäre, mit jemandem von hier oben Sex zu haben, weil die sich hier alle kennen würden. Was machen die denn dann den ganzen Tag? Gehen die in Parks spazieren oder in einem Einkaufszentrum bummeln? Machen die das hier oben, oder gibt es all das auch hier nicht mehr? Also, ich meine, Fenster haben sie schonmal nicht, das ist definitiv ein Minuspunkt.

Ich schlafe immer mal wieder ein und wache immer mal wieder auf, Johanna ebenso. Die Zeit vergeht und nichts passiert. Niemand kommt, niemand bringt uns Getränke oder Essen. Langsam bekomme ich echt Hunger und Durst, aber die Tür bleibt verschlossen.

Als die Tür dann endlich aufgeht, schauen Johanna und ich erstmal nur nach oben, ohne uns auch nur einen Zentimeter zu rühren. Dann sagt ein Mann „aufstehen" und wir tun das so gut es mit gefesselten Händen geht. Er scheucht uns wieder vor sich her und er sagt nichts. Ein paar Türen weiter sagt er „Stopp!" und wir bleiben stehen. Er öffnet diese Tür und uns kommt sofort ein Hitzeschwall entgegen. Und wir hören das Zirpen von Grillen und das Summen von Fliegen. Ein Geräusch, dass ich wirklich sehr lange nicht gehört habe – zum letzten Mal bestimmt in meiner frühen Kindheit. Der Mann befiehlt uns, durch diese Tür in die Hitze mit den Grillen und Fliegen durchzugehen und wir tun es. Vielleicht gibt es ja dahinter Essen und Trinken. Langsam ist es bestimmt Zeit für die zweite Mahlzeit, wären wir noch unten, würde ich bestimmt jetzt mit zwei Essensmarken losgehen und das Abendessen holen. Aber hier oben gibt es einen Wald. Denn da stehen wir grad. Hinter der Tür ist ein Wald. Es ist ein tropischer Wald, die Luftfeuchtigkeit ist sehr hoch, und es ist heiß. Ich fange sofort an zu schwitzen und ich bekomme auch relativ schnell Kopfschmerzen. Johanna schwitz auch. Wir laufen durch den Tropenwald und schwitzen allein schon davon. Wir gehen ja gar nicht besonders schnell, aber wir schwitzen. Der Mann ist weg. Ich habe keine Ahnung, wohin er gegangen ist oder wann er uns allein gelassen hat – ich habe es einfach nicht mitbekommen, aber er ist weg. Also bleiben Johanna und ich stehen. Das hohe Gras spüren wir an unseren

Beinen. Und ich habe bestimmt schon fünf Mückenstiche. Die habe ich gar nicht vermisst. Bei aller Schönheit von Pflanzen, Tieren und so, aber Mücken hätten ruhig auch hier oben aussterben können. Der Wald ist echt schön, nur die Mücken stören. Mir fällt erst jetzt auf, dass auch unsere Hände nicht mehr gefesselt sind. Der Mann muss die Fesseln vorhin gelöst haben. Ohne, dass ich es mitbekommen habe. Ich drehe mich zu Johanna. Sie sieht auch so aus, als hätte sie das mit den Fesseln jetzt erst bemerkt. Meine Hände und ihre Hände treffen sich. Sie sind schwitzig von der ganzen Hitze. Wir fahren über die Arme des anderen zu unseren Oberkörpern, streichen über unsere verschwitzen Brüste, die Hälse, die Schultern, den Rücken. Und dann umarmen wir uns und pressen unsere heißen verschwitzen Körper aneinander und küssen uns. Mein Penis trifft auf ihre Vagina, aber diesmal ist sie nicht so feucht wie sonst immer. Ich merke kaum etwas. Aber dennoch wird mein Penis streif und dringt in sie ein. Er rutscht nicht so gut, ihre Vagina-Schleimhaut ist viel trockener als sonst. Sonst produziert die Vagina ja ganz viel Schleim, damit der Penis gut durchrutscht, aber jetzt rutscht es nicht so gut, es reibt teilweise. So als wär gar kein Schleim da. An der Schleimhaut. Kein Schleim. Schleim. Das ist aber auch ein komisches Wort. Schleim. Sch. L. Ei. M. Trotzdem ist mein Bedürfnis so groß, immer wieder rein- und rauszugehen, dass ich weitermache. Ich sehe, wie auch Johanna merkt, dass etwas nicht stimmt. Kein Schleim. Kein Schleim. Als sie „hör auf!" sagt, stoppe ich natürlich sofort und ziehe mich aus ihr heraus. Es hat ihr scheinbar richtig wehgetan. Das wollte ich nicht. Der Schleim ist schuld. Warum ist der auch weg? Wohin ist der denn verschwunden? Vorhin war er noch da. Vorhin. Wie lang ist das überhaupt her? Ich habe echt großen Hunger und großen Durst, ich glaube, es muss schon ziemlich viel Zeit vergangen sein. Vorhin? Schleim. Ich gehe mit meinem Mund an Johannas Brüste. Wenn ich sie schon nicht mit meinem Penis befriedigen kann, dann will ich sie wenigstens mit meiner Zunge an ihren Brüsten befriedigen. Also lecke ich und nehme ihre Nippel in den Mund. Mein Mund ist auch recht trocken. Der Speichel fehlt. Auch kein Schleim bei mir. Hat sich unser Schleim gemeinsam abgesetzt? Sie hat keinen, ich hab keinen. Als ich so über den Schleim nachdenke, vergesse ich auch, weiter zu lecken und lege mich einfach neben Johanna auf den Boden. Wir liegen beide im hohen Gras, das Gras ist höher als wir. Durch die Hitze ist mein Penis ganz ausgedehnt. Aber nicht steif. Er hängt da einfach so rum, aber nicht steif. Nur durch die Wärme langgezogen. Die Kopfschmerzen werden stärker. Wir liegen nebeneinander und halten unsere Hände. Sie sind immer noch heiß, aber wir schwitzen nicht mehr. Das ist doch gut. Unsere Körper haben sich an die Hitze gewöhnt und müssen kein Wasser mehr fürs Schwitzen verschwenden. Sonst dehydrieren wir ja noch, wenn wir nicht bald etwas zu trinken finden. Deswegen ist das doch supergut, wenn sich der Körper an die Temperaturen gewöhnt hat. Und das so schnell. Einfach großartig. Es werden immer mehr Mückenstiche überall. Und immer mehr Durst. Kann man Mücken zurückstechen und die dann trinken? So wie sie uns trinken? Das wär doch was. Mücken trinken. Aber die haben ja nur Blut in sich, das ist ja eklig. Ich will die Mücken doch nicht trinken. Blut trinken stelle ich mir eklig vor. Lieber was Richtiges. Ein Getränk von der Ausgabestelle oder ein Wasser aus dem Wasserhahn. Johanna und ich machen es immer so: Wenn wir am Abend kurz vor dem Schlafengehen noch eine Ration Wasser oder Teile von einer Ration übrighaben, dann sammeln wir das Wasser in einem Behälter und trinken es im Laufe der Nacht oder am nächsten Tag. Denn warum sollten wir die Wasserration verfallen lassen? Sie steht uns ja zu und durch die Rationierung haben wir sowieso so wenig, deswegen müssen wir alles rausholen und ausschöpfen, was nur irgendwie geht. „Johanna", fange ich an. Sie sagt nichts, aber sie drückt meine Hand kurz fester, um mir zu zeigen, dass ich weiterreden soll und sie mir zuhört. „Mir ist vorhin klar geworden, dass…", ich mache eine kurze Pause und überlege, wie ich weiterreden soll, „…ich sehr froh darüber bin, dass wir zusammenwohnen." Ich mache immer wieder kleine Pausen zwischendurch, weil mein Hals sehr schnell austrocknet und ich immer wieder schlucken muss, damit er beim Sprechen nicht wehtut. „Ich habe gemerkt… oder realisiert, dass du der einzige Grund bist… warum ich jeden Tag zur Arbeit gehe und… mir meine Essensmarken abhole und im

System funktioniere. Weil ich mich jeden Tag… darauf freue, dich am Abend wiederzusehen… neben dir einzuschlafen und an unserem freien Tag… deinen Körper zu spüren. Ich habe gemerkt… dass du der einzige Grund bist… warum ich mich jeden Tag dagegen entscheide, einfach aufzuhören. Du bist der einzige Grund… warum ich weiterlebe." Jetzt mache ich eine längere Pause und schaue in den blauen Himmel über den grünen Bäumen. „Und obwohl wir uns… jeden Morgen nur kurz mit kaltem Wasser abspülen und… uns keinerlei Körperpflege leisten können… bist du doch der schönste Mensch, den ich kenne. Deine Haut ist so schön, dein Muttermal auf der Brust, deine Narben. Und du riechst so gut, auch wenn du dich immer nur kurz mit kaltem Wasser abspülst. Und du bist witzig. Und nett. Und wir brauchen keine Worte, um uns zu verständigen. Ein Blick oder eine Körperbewegung sagt alles." Ich mache wieder eine Pause und schaue weiterhin in den blauen Himmel mit den weißen Schäfchenwolken, die über uns und den Tropenwald hinwegziehen. „Ich glaube, in der alten Welt hätte man gesagt… ich liebe dich. Und ich weiß, dass das albern ist… weil die alte Welt untergegangen ist… und alles, wofür die alte Welt stand, auch untergegangen ist. Aber ich liebe dich. Ich möchte das so sagen. Denn du bist der einzige Grund, warum ich mich jeden Tag freue, noch am Leben zu sein. Warum ich weitermache in dieser grauen, betonierten, verrauchten Welt. Ich liebe dich." Und damit höre ich auf, denn mein Hals brennt vor Trockenheit, obwohl ich sehr häufig geschluckt habe. Der Speichel, der ja vorhin schon wenig da war, ist jetzt komplett weg. Mein ganzer Mund ist ausgetrocknet. Johanna drückt meine Hand. Ich höre ganz leise ihre Stimme, die von der Seite sagt: „Ich liebe dich auch." Und dann drehe ich meinen Kopf zu ihr. Sie schaut mich an, wir schauen uns beide an. In die Augen. Ihre Augen sind eingesunken, es sieht ein bisschen gruselig aus. Aber sie ist so wunderschön. Ihre Augen auch. Egal, ob sie eingesunken sind oder hervorstehen würden, Johanna hat einfach wunderschöne Augen. Wir bewegen unsere Köpfe aufeinander zu und pressen unsere trockenen Lippen aufeinander. Ich merke, wie meine Lippen vor Trockenheit schon gerissen sind. Es tut weh, als ihre Lippen auf meine treffen, aber ich will sie küssen. Ich will. Egal wie trocken meine Lippen sind. Ich liebe sie. Und wären wir nicht sterilisiert, würde ich Kinder mit ihr bekommen wollen. Mindestens zwei würde ich wollen. Und sie? Will sie auch zwei? Oder nur eins? Ich wäre auch mit einem zufrieden! Nur fänd ich es schön, zu wissen, dass Johanna und ich in ein und derselben Person vereint wären und weiterleben würden. Wie zwei richtige Eltern, wie unsere Eltern. Unsere Eltern sind auch tot – schon lange – aber sie leben in uns weiter. Auch wenn sich niemand außer uns an sie erinnert, leben sie doch durch uns weiter. Und so ihre Eltern und deren Eltern und immer so weiter. „Wolltest du früher Kinder?", frage ich. „Ja", sagt sie leise, „mindestens zwei." „Ich auch", antworte ich kurz. Ich schaue wieder in den blauen Himmel mit den Schäfchenwolken. Der Wind weht durch die Tropenbäume und bläst alle Mücken davon. Mich haben bestimmt keine weiteren mehr gestochen. Nur die paar von vorhin. Und die Grillen sind auch weg. Sie zirpen nicht mehr. Ich höre nur noch Johannas und meinen Atem und den Wind, der durch die Tropenbäume bläst. Ich spüre das hohe Gras an meinen Seiten, dass sich im Wind wiegt, und ich spüre Johannas trockene Hand in meiner trockenen Hand, und ich spüre den Wind, der über meinen Körper weht. Und ich sehe den blauen Himmel mit den Schäfchenwolken.

Weit entfernt höre ich Kinderstimmen. Sie lachen und spielen, sie rennen um ein Haus herum, haben Spaß. Was sind das wohl für Kinder? Es ist ein zweistöckiges Einfamilienhaus mit großem Garten und einer Terrasse. Johanna und ich sitzen auf zwei Holzstühlen und schauen den Kindern hinterher. Es sind unsere Kinder. Ein Junge und ein Mädchen. Sie haben beide lange helle Haare, wie Johanna sie früher hatte. Und Johanna und ich haben auch wieder lange Haare. Ihre so schön und hell wie die der Kinder, meine mindestens genau so schön und genau so lang. „Wie hättest du deine Kinder genannt?", frage ich Johanna. „Ella und Timo", sagt sie. Ella und Timo. Ich sehe sie. Ich sehe Ella und Timo. Und sie sehen genau so aus, wie ich mir Ella und Timo vorstelle. Genauso verspielt, genauso liebenswürdig. Und sie sehen genau so aus, wie ich mir meine Kinder vorgestellt hätte. Ella und Timo. „Wer von beiden ist älter?", frage ich wieder. „Ella", antwortet sie. Ella, die große Schwester. Das ist schön. Das gefällt mir. Ella und Timo. Und dann kommen meine Eltern aus der Terrassentür. Sie setzen sich zu uns an den Tisch und schauen den Kindern hinterher. Ihren Enkelkindern. Ella und Timo. Und dann kommen noch zwei Menschen aus der Terrassentür, ich kenne sie nicht. Das müssen wohl Johannas Eltern sein. Sie sehen nett aus. Ich freue mich, dass sie sich zu uns an den Terrassentisch setzen. „Wie heißen deine Eltern?", frage ich Johanna. „Greta und Max", sagt sie. „Und deine?" „Hanna und Tim." Wir unterhalten uns schön an dem Terrassentisch und wir lachen, Johannas Eltern erzählen einen Witz nach dem andern – daher hat Johanna ihre witzige Art. Wir lachen sehr viel, ich kann mich nicht erinnern, wann ich zum letzten Mal so viel gelacht habe. Und die Kinder finden einen Käfer im Gras und heben ihn behutsam auf und zeigen ihn uns und wollen wissen, was das für einer ist und wie der heißt. Opa Max erzählt es ihnen und erklärt ihnen alles über Käfer, was sie wissen wollen. Ich habe keine Ahnung von Käfern und kann dazu nichts sagen, aber Opa Max weiß alles über Käfer. Oma Hanna holt einen leckeren Erdbeerkuchen aus der Küche, den sie eben gebacken hat. Wir alle bekommen ein großes Stück und Ella und Timo fragen sogar, ob sie noch ein zweites dürfen. Und niemand kann ihnen diese Bitte abschlagen. Sie sind glücklich und freuen sich, sie sind glücklich. Und wir Erwachsenen trinken Kaffee und erzählen weiter, und die Kinder stehen wieder auf und rennen umher, suchen neue Käfer oder was sie sonst noch im Garten finden. Und sie spielen und sind glücklich. Mein Vater erzählt, dass er überlegt in Frührente zu gehen, weil er mehr Zeit mit seinen Enkelkindern verbringen möchte. Wir alle halten das für eine gute Idee. Er schlägt vor, schöne Reisen mit ihnen zu machen. Ans Meer und in die Berge, er will Fremdsprachen mit ihnen lernen, damit sie sich – wenn sie groß sind – gut in der Welt verständigen können. Er will ihnen Kochen beibringen und verschiedene Kulturen nahebringen. Johanna antwortet neckisch: „Aber lass uns auch etwas Zeit mit unseren Kindern!" Wir lachen alle und mein Vater antwortet: „Natürlich! Ich unternehme nur etwas mit ihnen, wenn ihr das wollt und erlaubt. Alles wird vorher abgesprochen." Und er könnte mit ihnen Rodeln gehen in den Bergen oder Ski fahren, er kann mit ihnen Angeln gehen oder er bringt ihnen Reiten bei, er zeigt ihnen, wie man mit Hammer und Nagel umgeht oder er bastelt mit ihnen kleine Figuren aus Pappe oder sie schneiden Dinge aus Holz mit einer Laubsäge aus. Er hat so viele Ideen und wir lachen darüber, aber nicht, weil sie so abwegig sind, sondern weil es einfach so viel ist und er sich immer wieder was Neues einfallen lässt. „Nein, aber jetzt im Ernst, ich würde wirklich gern viel mit den Kindern machen. Auch wenn es nur ist, auf sie aufzupassen, wenn ihre zwei arbeiten müsst", sagt er nochmal und wir bedanken uns dafür. Er ist wirklich ein großartiger Opa. So wie er auch schon ein großartiger Vater war. Und all das, was er vorgeschlagen hat, könnte er auch wirklich mit ihnen machen, aber ich bezweifle, dass sie so viel Zeit dafür finden. Die Kinder müssen ja auch irgendwann in die Schule und dann kommen sie in die Pubertät und so weiter. Aber ich finde es wichtig, dass sie viel Zeit mit ihren Großeltern verbringen. So lernen sie viel, von Johanna und mir und von ihren Großeltern. Ella und Timo. Johannas und meine beiden Kinder. Ich liebe sie und ihre Mutter über alles. Was würde ich nur ohne sie tun? Dann wäre mein Leben nicht halb so schön. Ich bringe unsere Kuchenteller in die Küche und wasche sie schnell ab, Johanna bringt die Kaffeetassen und auch die wasche ich schnell ab. Wir küssen uns im Vorübergehen. Ella und Timo finden das immer eklig, wenn wir uns küssen. Sie ziehen dann immer so komische Grimassen. Aber zum Glück sind die beiden noch draußen und fragen Opa Max über Käfer aus. „Dein Vater weiß wirklich viel über Insekten", sage ich zu Johanna. „Mein Vater ist ja auch Biologe. Er weiß viel über – gefühlt – alle Tiere. Und Pflanzen." Oh, stimmt ja, er ist Biologe. Wie konnte ich das nur vergessen. Wir haben beide so schlaue Väter. Da werden unsere Kinder ja zu richtigen wandelnden Lexika, wenn sie viel Zeit mit ihren Großeltern verbringen. Denn ihre Großmütter sind auch schlau. Meine Mutter zum Beispiel ist Politikwissenschaftlerin. Ich weiß zwar nicht so genau, was sie da eigentlich macht, aber „Politikwissenschaftlerin" klingt äußerst spannend. Besonders für die Kinder, denn ein so langes Wort ist einfach sehr anmutig. Ella und Timo. Als die Großeltern gehen wollen, sind die beiden Kleinen ganz traurig. „Aber, aber, wir kommen doch bald wieder. Übermorgen Oma Greta und ich und in drei Tagen Oma Hanna und Opa Tim", sagt Johannas Vater. Die Kinder umarmen jede ihrer Großeltern zum Abschied sehr lang und kräftig, denn sie haben sie sehr lieb.

„Und was wollt ihr zum Abendbrot?", fragt Johanna die Kinder, als der Abschiedstrubel vorbei ist. „Pfannkuchen", sagen Ella und Timo wie aus einem Mund. Pfannkuchen. Oh ja, wie gern ich die früher auch gegessen habe. Das kann ich verstehen, dass sie die jetzt wollen.

„Alles klar! Ich mach die Pfannkuchen und ihr geht euch die Hände waschen! Mit Seife!", ruft Johanna ihnen hinterher, denn die beiden sind schon auf dem Weg ins Bad. „Okay, Mama!", rufen sie beide zurück. Und Johanna und ich müssen uns angrinsen, denn wir beide wissen, dass Ella und Timo angehalten haben, sich umgedreht haben und aus Leibeskräften gebrüllt haben. Und das sieht immer so süß und witzig aus.

Am Abendbrottisch hauen die beiden richtig rein. Der Tag war sehr anstrengend und jetzt haben sie einen „Bärenhunger". Das sagt zumindest Ella. Und danach geht's ins Bett. Draußen wird es langsam dunkel und die beiden sind auch hundemüde. Sie teilen sich ein Zimmer und wir lesen ihnen zum Einschlafen noch vor. Zuerst liest Johanna Timo aus seinem Buch etwas vor, dann lese ich Ella aus ihrem Buch etwas vor. Die beiden schlafen dabei ein und als Johanna und ich aus ihrem Zimmer gehen und das Licht ausmachen, hören wir ihren gleichmäßigen, ruhigen Atem. Die beiden haben noch Angst im Dunkeln, deswegen haben wir so kleine Lichter, die leuchten, wenn wir sie in die Steckdose stecken. Insgesamt zwei Stück in dem Zimmer von Ella und Timo. Die Tür lehnen wir nur an, damit sie – wenn sie mal auf die Toilette müssen – einfach rausgehen können. Das System mit den Türklinken ist noch etwas schwierig für die beiden. Johanna und ich räumen noch die Küche zu Ende auf und ich mache den Abwasch. „Es war ein schöner Tag", sagt sie und küsst mich jetzt richtig – nicht nur im Vorbeigehen. Wir umschlingen uns mit unseren Armen und können gar nicht aufhören. Danach legen wir uns noch ein bisschen auf das Sofa und schauen fern, aber nachdem die eine Sendung vorbei ist, die wir jeden Abend schauen, gehen wir auch ins Bett. Es ist ein schön breites Doppelbett mit einer 180-mal-200-Zentimeter-Matratze. Als wir in das Haus hier eingezogen sind, haben wir uns das größte Bett gekauft, was es gab. Immerhin kommen ja nachts auch manchmal die Kinder zu uns, wenn sie nicht gut schlafen können. Und da brauchen wir ja Platz. Aber jetzt schlafen die Kinder erstmal in ihren eigenen Betten und wir haben das große Bett ganz für uns allein.

Der Tag war anstrengend, deswegen haben wir beide nicht so viel Lust auf Sex. Wir legen uns also einfach ins Bett, nachdem wir unsere Schlafklamotten angezogen haben und schauen uns lange und tief in die Augen. Wir liegen beide unter der großen Decke. Irgendwann schläft Johanna ein und ihre Augen schließen sich, aber ich liege noch lange wach.

Ich drehe mich also auf den Rücken und beobachte die letzten vorbeiziehenden Wolken. Es ist schon ziemlich dunkel geworden und nur ein paar letzte, vereinzelte Sonnenstrahlen färben den Himmel noch rot. Es muss ein malerischer Sonnenuntergang gewesen sein, als wir die Kinder ins Bett gebracht haben. Aber jetzt ist es auch noch wunderschön. Die letzten Wolken ziehen in Richtung Sonnenuntergang davon und ihre Rotfärbung lässt langsam nach, aber ganz verschwindet sie nie. Es tauchen immer mehr Sterne auf. Erst leuchten sie nur schwach und dunkel, dann werden sie immer deutlicher. Als die letzten Sonnenstrahlen erloschen sind, beginnen sie richtig vor meinen Augen zu tanzen. So als würde die Sonne sie festhalten und sobald die Sonne weg ist, wären sie frei und könnten umherspringen, tanzen, frei sein. Frei sein und machen, was sie wollen. Ich beobachte sie lange und immer wieder entdecke ich neue Sterne, da ist eine Sternschnuppe. Ich darf mir etwas wünschen. Ich wünsche mir, dass Ella und Timo keine Albträume haben. Und bei der nächsten Sternschnuppe wünsche ich mir, dass die beiden morgen ausgeschlafen aufwachen. Für Johanna und mich wünsche ich mir nichts. Denn wir haben ja alles, was wir uns wünschen. Wir haben uns, wir haben unsere Liebe, wir haben unsere Kinder und unsere Eltern. Wir haben ein schönes Haus mit Garten und ein 180-mal-200-

Zentimeter-Bett. Und eine große Bettdecke. Und deswegen sind wir einfach glücklich. Wir wünschen uns gar nicht mehr. Wir brauchen gar nicht mehr. Wir bräuchten nicht einmal das alles, um glücklich und wunschlos zu sein. Wir bräuchten nur Ella, Timo und uns. Denn wir lieben uns.

Die Sterne blinken und auch meine Augenlider werden immer schwerer. Ich werde müde. Ich bin schon so müde, dass ich Johannas Atem gar nicht mehr hören kann. Sie atmet wahrscheinlich so leise und gleichmäßig, dass mein Ohr das Geräusch einfach ausblendet. Johanna liegt noch genauso wie eben neben mir, mit geschlossenen Augen schaut sie in meine Richtung. Ich schaue sie an. Ihre wunderschöne Haut. Ich zähle die kleinen Rillen auf ihrer Stirn, ich zähle ihre Wimpern. Ich schaue ihre Augenbrauen an, ich schaue ihre Augenlider an, ich sehe ihre Nase. Wie sie zwischen den Augen beginnt und dann langsam entsteht, nach unten breiter wird und dann über ihren wunderschönen Lippen aufhört. Ihren wunderschönen, rissigen Lippen. Sie sind so rot wie der Sonnenuntergang. Und ich sehe ihr wunderschönes Kinn mit der kleinen Kule. Und ich merke, wie ihr ein zufriedenes Lächeln auf den Lippen steht. Im Schlaf. Und kleine Grübchen in den Wangen. Sie schläft so tief und fest, sie atmet so gleichmäßig und leise, ich bekomme davon gar nichts mit. Ich höre sie nicht atmen, ich sehe nicht, wie sich ihr Brustkorb hebt und senkt, wahrscheinlich sind ihre Lungenbewegungen so ruhig, dass es mir einfach nicht auffällt.

Johanna träumt bestimmt von Ella und Timo. Wie die beiden heute im Garten gespielt haben, wie sie den Käfer entdeckt haben, wie ihre Großeltern sie liebhaben. Wie wir sie liebhaben. Wie wir uns liebhaben. Johanna träumt bestimmt von ganz viel Liebe, deswegen ist ihr Atem so ruhig.

So möchte ich auch gleich schlafen. Ruhig und in Frieden. Und ich möchte auch von Ella und Timo träumen. Die drei sind mein Ein und Alles. Johanna, Ella und Timo. Und ich bin so froh, dass ich sie habe.

Die Sterne verschwimmen langsam vor meinen Augen. Es werden immer weniger, die ich klar erkennen kann. Und dann fallen mir die Augen zu.

Gute Nacht.